짐의 무게

짐의 무게

저자 배송제

머리말

그대 삶의 언젠가는
옛날 얘기하면서 살 날도 있으리라

구구절절
사연 없는 삶이 그 누가 있으랴
고비 굽이
눈물 아픔 없는 삶이 그 어디에 있겠는가

삶이란 고통 시련의 연속이거늘
눈물겹도록 처절한 고달픈 여정이거늘

묵묵히 참고 살아야만 한다는
지치고 힘들어도 견뎌 내야만 한다는
절절한 영혼의 울부짖음 그 얼마나 많았던가

삶이란 위대하고 아름다운 예술이다
그 언젠가는 꽃이 피고 열매도 맺으리니

거칠고 험한 발길 돌아보는 보람도 있으리라

모질게 살아온 삶의 자락들이 결코
헛되지 않으리란 믿음이 옳았음도 알게 되리라.

2022년 10시집 발간을 맞아

배승제

목차

짐의 무게

너무 어려워도 어렵다 소리도 못 하고
지치고 힘들어도 힘들다 소리도 못 하며
저리도록 무거워도 무겁다 소리도 못 하는
거칠고 험한 길이고 들고 지는 멍에이어라

새벽부터 논밭을 살피는 농부님 손길
어린아이 달래고 먹이고 입히는 정성
꿈을 위해 달리는 숨 가쁜 발길과 몸짓들
무거운 짐 눌린 쉴 틈 없이 끓는 열정이어라

슬프고 아파도 묵묵히 견뎌 내야 하고
울퉁불퉁 가파른 길 오르는 달구지처럼
눈물과 고통은 마음 가슴 영혼으로만 씹고
뚜벅뚜벅 걸어가야 하는 숨 막히는 짐이어라

언젠간 허리 펴고 웃을 수 있으리라
다리를 쭉 뻗고 누울 날도 찾아오리라
사는 게 다 그런 거지 지지고 볶는 아우성
아, 그러다 보니 어느샌가 서산마루 노을이더라.

그러지 말자 하면서도

낳아 길러 주신
고마우신 부모님을
유기하거나 학대해선 안 되는 줄 알면서도
마음으로는 절대 그러지 말자 맹세하면서도
한순간 실수나 잘못으로 그런 행동을 한 거지요
아무려면 일부러 그러기야 했을라구요 안 그래요

낳아 고이고이
키운 소중한 자식을
굶기거나 때려죽여선 안 되는 줄 알면서도
가슴으로는 결코 그러지 말자 다짐하면서도
한순간 되돌릴 길 없는 잘못을 저지른 것이지요
아무려면 일부러 그러기야 했을라구요 안 그래요

마음으로는 원망하지 말자 하면서도
가슴으로는 제발 미워하지 말자 하면서도
영혼으로는 그러지 말자 안 돼 안 돼 하면서도
한순간 저지른 씻지 못할 잘못 뉘우치고 있겠지요
그렇지요.

민족혼

오래도록
굽이굽이 이어져 온
우리 민족의 자랑스러운 얼과 넋
고이고이 보듬고 가꾸어 길이길이 빛내고

위기 때마다
다 함께 힘을 합쳐
슬기롭게 이겨 낸 지혜 본받고 익혀
힘들고 어려울수록 더더욱 굳세게 지키며

오랜 역사와
전통을 정성껏 챙기고
뛰어난 문화유산이 찬란하게 빛나는
아름다운 금수강산 세계 속 우뚝한 대한민국

한층 소중하게 일구어
날로 날로 멋지고 향기롭게
힘써 애써 면면히 지키고 살린 위대한 민족혼

되살리고 일깨우며 받들고 드높여
두고두고 후세에 물려줄 보배로운 내 조국-
우리 모두 손을 맞잡고 이바지해야 하지 않겠는가.

숨비소리

푸왁 푸아악
가슴이 내지르는 고통의 절규

쌓인 아픔 가쁘게 토하는 통곡
참고 참고 참아야 한다지만
아, 더는 못 참겠다 울부짖는다

살아야 한다 살아남기 위해
눈물 한숨 버무려 흐느끼는 날숨

푸왁 푸아악
어찌 이다지도 가혹하단 말이냐
물 위의 부표-
테왁 붙잡고 깊이 길게 몰아쉰다

푸왁 푸아악
눈이 노랗고 물빛 까매도
부푼 희망을 캐고 낚기 위해
끝끝내 견디며 살아남아야만 한다.

달빛 같은 그대 사랑아

어둡고
차가운 밤일지라도
당신의 은은한 눈빛만 있으면

너무나
어렵고 힘들지라도
당신의 다정한 손길만 있으면

지치고
아파 쓰러질지라도
당신의 따스한 가슴만 있으면

달빛 같은
오직 나의 사랑
언제나 변함없는 그대 사랑아

한평생
가시밭길 험난해도
포근하고 따사로운 그대면 돼요.

대나무

곧게 우뚝 솟구친
그대들의 기개와 품격은
하늘을 찌를 듯 드높고 고매하여라

속세의 탐욕을 떨친 듯
채우지 않는 텅 빈 그 속은
빨리 높게 자라기 위한 지혜일지니

하늘을 우러러
한 점 부끄럼도 없는 양
보란 듯 당당하게 치솟은 모습이여

언제 보아도 올곧은
한결같이 푸르고 싱싱한
자연 그대로의 꾸밈없는 그 도도함

어느 누가 감히 일컬어
속 빈 강정 같다 말하겠는가
놀랍도록 품고 지닌 다채로운 가치여.

침묵의 강

하고 싶은
말이 꽤 있으련만
서리서리 품은 한도 많으련만
바다처럼 소리도 치고 싶으련만
고요한 침묵의 강은 아무런 말이 없네

겹겹이
쌓이고 묻힌 쓰레기
계곡 냇가에서 흘러든 오물
구역질 악취에 울부짖으면서도
한껏 부둥켜안고 몸부림치며 홀로 우네

하기야
소용없는 짓이겠지만
제발 버리지 마세요 사정해도
슬피 애원해도 들은 척도 안 하는
속이 곪고 썩어 아파도 어쩔 수가 없네.

통일벼

내가 공직자로 일한 1970년대만 해도
배곯는 게 일상이던 보릿고개 시절이었다
쌀 자급을 위해 만든 다수확 신품종 통일벼를 전 면적에
재배토록 권장하여 놀라운 증산 효과를 거둔 것도 이 무렵이다

초가지붕을 슬레이트로 바꾸는 지붕 개량 사업, 논두렁에 콩 심기,
좁거나 없던 길을 넓히고 내는 마을 길 개설 작업, 퇴비 증산 등
식량 증산과 새마을 운동 사업이 방방곡곡 들불처럼 일어났다

밥을 지을 때마다 조금씩 덜어 내 모으는 좀도리 운동,
훗날 이걸 팔아 점차적으로 병아리와 돼지와 소를 샀고
집 짓고 땅도 마련해서 잘살아 보세 앞장서던 모습들이 새롭기만 했다

나의 공직 신념은 오직 펄펄 끓는 사명감이었다
통일벼 재배는 서서히 배고픈 설움에서 해방시켜 주었고
늘어난 쌀 생산으로 오래도록 굶주리던 창자를 채울 수가 있었다

우리 국민은 위대한 저력을 지니고 있다
어렵고 힘든 형편 속에서도 결코 굴하지 않고 꿋꿋이 뚫고 헤쳐 나간다

오늘날 잘사는 대한민국은 우연히 만들어진 게 아니다
전 국민의 뜨거운 동참과 들끓는 애국심으로 이룩해 낸 금수강산이다
자랑스러운 조국이다.

쫄깃한 긴장감

답답한 압박에 사로잡힌
숨 막히는 긴장감이 아닌

나사 풀린 나태와 방종을
막아 주는 쫄깃한 긴장감은
되레 삶의 활력을 부추긴다

뜨겁게 사랑하는 마음
벅차고 설레는 부푼 가슴
소망을 향해 질주하는 영혼

이글이글 불타는
그리움 향한 절절한 기다림
그 얼마나 후끈하고 쫄깃한가

열정적이어야 힘도 솟는다
순발력 앞세운 폼 나는 생동감
인생이란 쫄깃해야 살맛도 있다.

삶의 문턱들

지금의 순풍이 잠시 뒤에는
거친 폭풍으로 바뀌는 걸 안다면
조각배 띄워 바다로 나가진 않을 터인데

잠시 앞도 보지 못하면서
한세상 별일 없을 것처럼 살다가
막상 큰 아픔 겪고 나서야 아뿔싸 어쩐다
몸부림에 울부짖은들 이미 엎지른 물이거늘

사랑하는 삶이 얼마나 고통의 길인지
어버이의 길이 그 얼마나 모질고 험한지
사나운 풍랑 뚫고 헤쳐 나가는 온갖 시련들
차마 눈물겹도록 지치고 고단한 여정인 것을

제아무리 어렵고 힘들어도 나아가리라
드높은 장벽들이 앞을 막고 가파를지라도
내딛는 발길을 멈추거나 되돌리지는 않으리라

여닫는 문마다 가로막는 힘겨운 문턱들
마지막 순간까지 넘고 또 넘는 길이 곧 삶이다.

삶의 불꽃

달리는 바람에 휘날리는 송화처럼
거센 돌풍에 휘감겨 날뛰는 산불처럼
꿈과 사랑, 열정과 도전의 삶도 불꽃이지요

언제나 시뻘겋게 타오르는 꿈꽃은
설레는 삶의 이정표이자 끈질긴 전투력
앞날을 향해 옹골차게 내딛는 힘찬 걸음걸음

사랑하고 사랑해야만 살아갈 수 있는
고이고이 얼싸안고 이글이글 불타오르는
함께함이 그 얼마나 아름답고 향기로운 꽃인가

앞으로 위로 더 높이 더 많이 더 더 더
보다 나은 것들을 향한 일렁이는 불길
삶의 원동력이자 생명력인 위대한 불꽃이어라

한 올 한 땀 엮고 일구고 도전하는 길
꿈과 사랑과 열정을 앞세운 숨 막히는 투쟁
그 어느 삶인들 바람에 휘고 흔들리지 않겠는가

바람 앞에 촛불처럼 나부끼지 않으랴.

살아온 날들의 아름다운 마무리

어떤 일이든
마지막 끝맺음이 중요하듯
인생길 또한 깔끔하고 멋진 매듭을 짓고
떠날 수 있다면 아름답고 향기롭지 않을까

수많은 사연 얽히고설킨 여정은
누구나 다 질곡의 삶을 살아온 터이니
여태껏 급히 달려온 걸음걸음 되돌아보며
앞으로는 차근차근 떠날 준비로 지내는 게다

욕심도 부릴 만큼 부렸고 명예 또한
챙길 만큼 챙겼으니 여기에다 무엇을 더
얹기를 바란다면 과욕이요 노망이 아닐까
한도 끝도 없는 탐욕 그만 버릴 때가 되었다

바삐 살아온 날들의 아름다운 마무리
갈 때를 준비하는 넉넉하고 헐렁한 가슴
남은 삶 홀가분한 영혼으로 살아가는 것이다

그렇다, 그 얼마나
멋들어지고 날아갈 듯 가벼우랴.

금강산

오, 사랑스러운 그대
장엄하고 수려한 금강산이여
수많은 봉우리 너무나 신기하도다
철 따라 부르는 이름 곱고도 아름다워라

구름 위에 올라 노니는 것 같은
정령이 살아 숨을 쉬며 춤추는 듯한
신선이 머무는 양 신비로움이 가득한 곳

이런저런 온갖 시름 다 접어 두고
햇살 가득한 이른 아침 둥실둥실 두둥실

산자락 감도는 안개구름 고운 모습
오, 홀연히 선경에 머무는 듯한 황홀경이여

짓눌린 고된 몸 추슬러 살그미
맑고 푸른 내, 외금강에 발을 담그고
사무치는 서러움 씻어 내며 속살거리는 걸까

어서 오라 손꼽아 기다리는 통일이여
오묘한 품속에 잠겨 풍월을 읊조리고 싶구나.

9월의 찬미

어찌 그리도
풍요로우며 아름다운가
흰 구름 흩뿌린 양 높고 푸른 하늘 아래
어느덧 탐스럽게 영글고 익어 가는 곡식들
길섶 소복이 살랑대는 강아지풀들 춤사위와
연분홍 무궁화꽃 닭 볏 닮은 빨강 맨드라미

고개 떨군
벼이삭들의 묵직한 정겨움
수수 이삭 감싼 참새 막이용 노랑 그물망
익은 고추 따기 바쁜 뿌듯한 아낙의 손길
덩굴 들추니 주렁주렁 딸려 나오는 고구마들
기다란 깨 대마다 다닥다닥 달라붙은 꼬투리들

화들짝 웃음 짓는 해바라기 밝고 환한 얼굴
쩍쩍 벌어진 송이 안에 빼꼼 내다보는 알밤들

전깃줄 까마귀 한 마리 정취에 취한 듯
이를 찬미라도 하는 듯 눈부신 햇살 품어
반짝반짝 빛나는 북한강 물비늘 잔치 한 마당
평화로운 넉넉함이 한가득 넘실대는 낙원이어라.

별의 탄생

밤하늘을 수놓는 수많은 별
해와 달 그리고 명멸하는 별마다
신비로운 우주의 섭리가 아니겠느냐

샛별의 찬란한 광명 속에서나
창공을 가르는 별똥별의 눈부심도
산산이 부서지는 엄청난 충격에서도
새로운 별의 탄생은 이어지고 있거늘

우연한 탄생도 있을 수 있겠지만
아마도 세상을 밝힐 소명이 있을 터
낮이나 밤이나 늘 환하게 비추고 밝히는

크고도 깊은 우주의 경륜일지라
그대여, 밝고 환한 별이 되려는가
해와 달 소금 같은 길을 가고 싶은가
스스로 용광로 같은 여정을 일궈 내려는가.

소나기와 무지개

소나기가 내린 뒤 아롱다롱
현란하고 아름다운 일곱 빛깔 예술품
공중에 떠 있는 물방울이 햇빛을 받아
하늘과 땅 사이 경계선에 걸쳐 나타나는

갑자기 쏟아지는 소나기와 폭풍우는
짓궂게 퍼부어 피해가 생기기도 한다만
색동 띠 아름다운 현상을 선물로 보여 준다

먹구름처럼 밀려드는 온갖 시련으로
수많은 애환이 얽히고설키는 삶 속에도
언젠간 인생의 무지개도 떠오르리란 소망
결코 헛되지 않으리란 믿음을 품고 살아간다

삶의 길 어찌 어렵고 힘들지 않으랴
겹겹 눈물겹도록 처절한 여정일지라도
가다가 하다가 절망하거나 포기할 수 없다
꿈으로 향하는 열망과 도전을 멈출 수는 없다.

삶의 블랙홀

선택의 여지란 없는
마그마같이 시뻘겋게 펄펄 끓는
처절하고 잔혹한 삶의 블랙홀은
숨 막히는 노예의 길을 가도록 강요한다

자유를 호소하지만
점점 더 죄어 오는 속박만이 있고
평화를 갈망하지만
날로 심한 갈등과 불화가 길을 막아
망망대해를 떠도는 방랑자의 삶을 살아간다

억울하다 소리쳐도 소용없고
자유와 평화를 절규해도 부질없다
짓씹어 삼키는 이글이글 끓는 욕망은
괴물과 악마의 손아귀에서 놓아주질 않는다

끝을 알 길 없는 고통의 길이자
울부짖고 몸부림치는 통곡의 삶이다
차마 보이지 않는 캄캄한 어둠일지라도
아침 해를 기다리는 해바라기 기도처럼 산다.

물

태초부터 생명의 뿌리이자
길이길이 영원토록 이어져 나갈
창조주가 빚어낸 위대한 산물이어라

빛나는 호수 강 바다를 보라
그 얼마나 아름답고 신비로운가
무수히 어우러진 수소와 산소 입자들

실로 무궁무진한 가능성이요
얼마든지 뻗어 나갈 인류의 자산
철철 넘쳐흐르는 생명수와 보금자리

꿈과 희망이 가득 넘실거리는
차고 넘치는 사랑과 포용의 물결
눈이 부시도록 보배로우며 맑고 푸른

물보다 소중한 보물은 없다
물처럼 고귀한 선물 또한 없다
영원토록 먹고 기를 생명의 원천이어라.

바닥을 때려야
위로 치고 올라가는 힘이 생긴다

바닥을 세게 때린 빗방울이
옆이나 위로 솟구치며 튀어 오르듯
밑바닥 고통이 반전의 힘을 낳기도 한다

기가 막히고 슬플수록
아파 미어지고 찢어질수록
이를 악물고 주먹을 불끈 쥐고서

다시 위로
솟구쳐 오르는 투지와 재기의 희망
불타는 열정은 멈추거나 쓰러지지 않는다

아무리 지치고 버거워도
길을 가다 멈출 수는 없다
일을 하다 그만둘 수는 없다

엎어지면 다시 일어서고
자빠지면 또 벌떡 일어나서
뜨거운 불굴의 도전 꺾거나 굽히지 않는다.

승강기

아파트 단지에 살면서
하루 몇 번 타고 내리지만
낯익은 얼굴들은 드문드문하다

멀게 느껴지는 이웃사촌들
어쩌다 실수는 하지 않을까
걸핏하면 냅다 할퀴고 물어뜯는

노려보는 눈들도 무섭고
모르게 살짝 스치기만 해도
개망신을 당할지도 모른다는
뇌리에 깊숙이 뿌리박힌 불안증

눈인사도 거북살스럽고
인사말은 더 조심스러우며
서로 눈치만 보다가 내리자니
타고 내릴 적마다 늘 조마조마하다.

궤적

물살을 가르는 배들이나
공중을 날아가는 비행기들처럼
삶의 궤도에도 다양한 변수가 있다

함께 어울려 사는 공동체
어쩌다 발길에 차이기도 하고
살벌한 갈등과 분쟁의 소용돌이
자유와 평온마저 마구 짓밟아 버리는

그 냉엄하고 잔혹한 파도
한시도 조용할 날 없는 결투
반드시 이겨야만 하는 생존 경쟁
무서운 질주는 미치광이처럼 날뛰고

끝내 살아남아야만 하기에
쓰러지거나 포기할 수 없는
지치고 아파도 견뎌 내야만 하는
가혹한 삶의 궤적은 폭풍우보다도 사납다.

밥 한 톨

한 알의
곡식으로 태어나기 위해
숱한 나날 그 얼마나 몸부림쳤던가

한 톨의
식량을 얻어 내기 위하여
피땀 흘리며 그 얼마나 울부짖었던가

한 알 한 톨이
그 무엇보다도 소중함을
밥을 먹을 때마다 너무너무 감사함을
느껴야 한다

온갖 고통 꿋꿋이 견뎌 낸 보람
이른 아침부터 가꾼 지극한 정성
열정 다 쏟아부어 일군 결실이거늘
얼마나 귀하고 향기로우며 아름다운가

생명을 살리는 보배로운
밥 한 톨의 가치야말로 위대하기만 하다.

고추

어찌 그리도
볼수록 풍요로운가
빨갛게 잘 익은 옥동자들
값지고 보배로운 결실이어라

그 얼마나
고단하고 힘들었으랴
숨 막히는 뜨거운 뙤약볕
모진 담금질 밀려드는 시련들

톡 쏴 대는
얼얼하고 매운 그 맛
혓바닥이 활활 불타는 듯
지지고 볶아 대는 통쾌한 고문

그대들이
아니면 뉘라서 하랴
그 쫄깃하고 짜릿한 풍미
주렁주렁 달린 멋진 보물들이여.

주먹질

점심을 먹으며
시원한 막걸리에다
아귀탕 한 그릇 비우고서

얼큰한 기분에
가로수 길 거닐다 보니
덜 풀린 화가 솟구쳐 올라

아무 잘못도 없는
우뚝 선 은행나무를
냅다 주먹으로 쥐어박는다

은행알이 우수수
떨어지리라는 기대는
한순간 물거품처럼 사라지고

끄떡도 안 하는
그 묵직한 모습 앞에
엉뚱한 주먹질 부끄럽기만 하다.

소꿉장난

어릴 적 즐기던 소꿉놀이가
거센 폭풍에 휩싸인 물결처럼
살얼음판이나 도살장으로 변해
살벌하고 무시무시한 전쟁터이다

불공정과 부조리의 그늘은
소꿉장난을 비웃기라도 하듯
이미 저질러진 투기를 앞세워
당당하고 장엄한 위력을 자랑하고

불로소득을 뿌리 뽑겠다는
장차 다른 투기를 막겠다는
우렁우렁한 항변만이 난무하는
한낱 반향 없는 메아리로 떠돌고 있다

차곡차곡 챙기고 거둬들인
많은 재물은 떵떵거리는데
이제 와서 앞으로는 끊어 내겠다는
완벽한 공약을 백성들에게 믿어 달란다

누군들 돈을 마다하랴

어느 누가 투자와 투기를 모르겠는가.

저 언덕 너머

그래,
저 언덕을 넘자
그리고 온 힘껏 달려가자

저 언덕 너머에는
어떤 것이 기다리고 있을까

산도 있으리라
시냇물 강도 있으리라
드넓은 바다도 펼쳐지리라

넘고 건너자
보란 듯 거친 물살도 헤치자

그래,
저 언덕을 넘어가자

아롱다롱 무지개가 피는
산을 넘고 강과 바다도 건너자.

먼지

더러운 오물이 흔하듯
먼지 또한 너무너무 많다
바람만 슬쩍 스쳐도 풀풀 날린다

눈에 잘 띄지도 않는
옷에 스며 숨어 있거나
몸을 파고들어 곪아 있는
흔들어 대도 잘 떨어지지도 않는다

아무리 털고 흔들어도
옷이나 몸이 망가질지언정
멈추지도 않고 흩날리는 괴물
털면 털수록 점점 더 날리기도 하는

먼지 싸움처럼
격렬한 혈투도 없는 듯
탈탈 털어 안 나는 놈 없어
백 날이든 천 날이든 끝나지도 않는다.

장독대

햇볕이 잘 드는
동편 뜨락이나 울타리 안

크고 작은 항아리에는
정성스레 고이고이 보살피는

간장, 된장, 고추장…
묵을수록 깊고 진한 맛
알곡보다도 소중한 보물들

간당간당 식량은
어느새 동날지라도
장 한두 독만 있으면
목구멍 거미줄 칠 일 없었거늘

수제비 뚝뚝 뜬 멀건 국물
된장 국물 휘휘 풀어 끓여도
구수한 풍미 스르르 넘어간다

아무리 변할지라도

어우렁더우렁 우리 삶도

오랜 장맛처럼 익을 수는 없을까.

오늘

꼭두새벽에서 오밤중까지
영겁으로 향하는 맥박과 호흡은
지난날과 앞날을 잇는 징검다리에서

이미 흩어진 파편을 차곡차곡 쌓아
한 올 한 땀 엮고 짠 씨줄 날줄같이
매 순간순간 얽히고설킨 온갖 인연

이제 곧 어제와 내일의 갈림길 위에
아쉬운 회한으로 얼룩진 하루를 본다
옷소매라도 붙잡고 싶은 그대를 보내며
울컥 가슴 짓누르는 안타까움은 대체 뭘까

그대는 언제나처럼 무심도 하여
어느샌가 낙엽처럼 훌쩍 떠날 터
아, 그래도 그 얼마나 다행스러우냐
또 다른 하루를 선물로 주고 가지 않는가
이글거리는 불꽃처럼 오롯이 불사를 수 있는

새로운 오늘 또한 힘껏 가꿀 것이다
심혈과 열정을 죄다 쏟아부어 활활 사르리라.

기적

평범에서 비범이 나오고
일상에는 유별이 깃들듯
그냥 행운이라기보다는 축복이 맞다

태어나는 순간부터
이제까지 이어진 삶의
고비 굽이 때마다 경이롭기만 하거늘

죽을 위험도 잘 넘기고
고되고 힘든 과정도 헤쳐 내며
쌓고 부수고 부딪친 여정이 참 놀랍다

이런저런 온갖 아픔
사무치도록 아롱진 뭇 추억
처절하게 참고 견뎌 낸 그 열정과 투지

이 말이 아니고서는
아무리 찾아도 달리 표현할 말이 없다

이처럼 산다는 것은 오직
신비로운 기적이라 말할 수밖에는 없다.

기도

태풍에 덜컹대는 간판들의 염원과
폭풍우에 휩쓸리는 들풀들의 바람은
사나운 바람을 무사히 견디게 하시옵소서

많이 아픈 이의 눈물겨운 간절함도
소원을 이루길 바라는 절절한 갈망도
어서 빨리 남북통일의 그날이 오기만을
자나 깨나 염원하는 이산가족들의 애절함도
펄펄 끓는 온갖 꿈 결코 헛되지 않으리라

그 언젠가는 마침내
꽃이 피고 열매도 맺을 터이니
기다림 기도가 제아무리 길고 힘들어도
줄기차게 참아 내며 몸부림치며 울부짖는다

불덩이처럼 뜨거운 가슴으로
사랑하는 사람 행복하길 바라는 마음
멀리 있는 가족이 무사하길 비는 영혼은
아, 그 얼마나 아름답고 향기로운 열망들인가.

희망은 희망만을 희망한다

꿈은 꿈을 꿈꾸고
소망은 소망을 소망하며
희망은 희망만을 희망한다

실망은 실망에 실망하고
절망은 절망에 절망하듯
희망은 늘 희망 속에 머문다

꿈을 키우는 수고나
희망을 일구는 피땀이나
소망을 가꾸는 열정은 똑같다

정원의 꽃을 보살피듯
아기를 사랑으로 기르듯
꿈도 소망도 희망도 정성이거늘

꿈은 꿈을 낳고
소망은 소망을 잉태하며
희망은 희망을 분만하는 용광로이다.

존재감

오랜 담금질 갈고닦아 쌓은
능력과 품격이지만 유독 돋보이는
광채 나는 존재감을 지닌 인물이 있다

군계일학처럼 멋지고 아름다우며
힘줘 설파하는 말들은 보석만큼 귀하다

두루 통달한 듯한 폭넓은 식견
버릴 게 없는 알토란 같은 전문성
절절 끓는 듯 호소력 짙은 논리와 주장
심금과 영혼을 콕콕 후벼 파는 설득력이여

그대 말들로 귀걸이를 엮고 싶다
주옥같은 말들은 새길수록 새롭고
어찌 그리도 저리토록 절절하단 말인가
아, 그대는 구구절절 옳은 소리만 하는가

그대여, 어렵고 힘들어도 힘을 내라
열망의 앞날에 무궁한 발전이 있기를
어느 뉘라서 그대 가는 길을 막을 터인가.

맥박과 호흡

단군왕검 이래 반만년의 유구한 역사 속에
찬연한 문화를 꽃피운 자랑스러운 대한민국은
그 얼마나 숱한 아픔 견뎌 내고 일군 민족인가

저 백두산 정령이 통곡하는 절절한 울부짖음
아무 말 없이 흘러내리는 아리수 질곡의 눈물
한라산 백록담의 물이 사무치는 설움에 마르는
면면히 이어져 내려오는 맥박과 호흡이 아닌가

배곯는 게 일상이던 보릿고개를 어찌 잊으랴
지긋지긋하던 가난의 고리를 끊은 지 얼마냐
전국 방방곡곡 천둥처럼 우렁차게 메아리치던
식량 증산과 새마을 운동 사업을 어찌 잊으랴

이제 우리 대한민국은 보란 듯 우뚝 솟았다
나날이 발전하는 모습은 부러움을 사고 있다
달리는 말에 채찍 가해 새롭게 발돋움해야 한다

동방의 빛의 나라 민족의 얼과 넋이 아롱진 곳
모두 힘을 합쳐 길이길이 가꾸고 빛내야만 한다
영원토록 내 조국 사랑의 깃발을 드높이 휘날리자.

백 년도 힘들면서 천 년을 살 것처럼

여보게나, 친구야 친구
제발 쉬엄쉬엄 천천히 좀 하시게
백 년도 힘들면서
천 년을 살 것처럼 일만 하시는가

아무리 바빠도 그렇지
숨 좀 돌리면서 하시게나
시원한 막걸리도 한 사발
고단할 때는 낮잠도 한숨 자면서

일벌이나 개미들도
어두운 밤에는 쉬면서 하는데
그렇게 새벽부터 오밤중까지
눈코 뜰 새도 없이 바삐 들뛰다가

행여나 병이라도 나면 어쩌려구
밤낮없이 아등바등 일만 하시는가
여보게나, 친구야 친구
제발 쉬엄쉬엄 천천히 좀 하시게나.

거짓말쟁이

참말인지
거짓말인지 모르니까
모조리 다 거짓말처럼 들린다

입만 뻥긋하면
거짓말쟁이들이 날뛰니까
누구 말도 믿질 못하겠는 거다

거짓말이다
모두 다 거짓말이다
썩어 문드러지고 악취 진동하는

그래도
들어야만 하다니
귀는 아프고 창자가 뒤틀린다

그만! 그만!
울부짖으면서도
어쩔 수 없어 듣자마자 짓밟는다.

고통 분담의 원칙

거대한 사회적 지출이 생기거나
어마어마한 범국민적 비용을 지불할 시
전 국민이 다 함께 고통을 분담함이 맞다

코로나19 같은 팬데믹 전염병과
갑작스러운 재난 재해의 경우 등에도
국가의 재난 지원금 제도가 마련된 것처럼

이런 경우 재정적 부담뿐만 아니라
위기를 슬기롭게 극복하는 지혜와
다양한 협력 방안에도 적극 동참해야 한다

국가는 맡은 책무를 다해야 하고
국민은 주어진 규율을 잘 이행하여
혼연일체가 되어 일사불란하게 임해야 한다

국가와 국민은 따로따로가 아니다
전 국민 모두가 구성원인 공동체로서
어느 누구도 방관하거나 이탈해서는 안 된다

위대한 대한민국을 꽃피우는 일은
우리 국민 모두에게 주어진 대명제인 것이다.

고르지 못한

고르지
못한 건지
하늘이 무심하신 건지
맨날 지지고 볶아도 그 타령

뭐가
좀 달라지는
거라도 있어야지만
살맛이라도 날 게 아니겠는가

그래도
어쩌겠느냐

꾹꾹 참고 살아야지
그러다 보면 좋은 날도 오겠지.

구름

정처 없이
떠도는 창공의
쓸쓸한 한 자락 구름일지라도
잠시 흘러가는 나그네일지라도
온 누리의 아름다움을 만끽하거늘

하물며
고귀한 인간들이여
어찌 삶의 오묘한 멋과 맛을
제대로 느껴 보지 못한단 말인가
불행보다는 행복이 훨씬 많다는 걸

기막힌
슬픔보다는 기쁨이
쓰라린 상처보다는 즐거움이
울부짖는 통곡보다 환호의 함성
한세상 산다는 게 멋지고 보람찬 것을.

그리움을 향한 기도

그립다 그립다 너무 그립다
때때로 더운 김처럼 스멀스멀
피어오르는 소중한 그리움들이여

수많은 그리움은 아름다운 꽃
알록달록 어여쁜 정원의 화초
고이고이 보듬고 싶은 꽃이어라

비록 사무친 아픔일지라도
차마 눈물겨운 슬픔일지라도
정성스레 가꾸면서 보살피고 싶은

꽃송이마다 어리는 모습들
자세히 살필수록 곱기만 하다
가까이 볼수록 너무나 사랑스럽다

서서히 마음이 따뜻해지고
어느샌가 가슴이 넉넉해지며
모르는 사이에 영혼이 기도를 한다.

꽃

산과 들
뜨락이나 화단이나
베란다 어디에서 피어날지라도
너무나 곱고 아름다운 그대들이여

그대들
예쁜 맵시가 아니면
뉘라서 어두운 세상 환히 밝히랴
철 따라 밝게 웃음 짓는 송이들이여

아무
꾸밈도 없는 모습들이지만
타고난 순수한 자태들이어도
한껏 싱그럽고 멋들어진 모습들이여

어느 누가 감히
못생겼다 손가락질하리오
추한 눈으로 어디에다 견주랴
그대들이 아니라면 어느 뉘라서
사랑과 평화를 노래하며 방실방실 웃으랴.

꿈속 비행

꿈을 꾼다
날개를 펄럭이며 날아간다
절벽 끝에서
아찔한 저 아래 밑바닥까지
날쌘 눈썰매 쏜살같이 미끄러져 내리듯

기분 좋다
그 아슬아슬 통쾌한 레이스
독수리 새끼 시운전 같은 거지만
하늘을 찌를 듯이 부풀어 오른 성취감

비록 꿈속의 비행일지라도
낭떠러지를 신나게 달리는 기분
희망을 향한 새 출발만큼이나
잘 해내야겠다는 불타는 열정과 도전

위태위태하고 사납고 험하지만
꼭 성공 비행이 되도록 해야만 하겠다는
멋들어진 꿈속 비행이어라.

나그넷길

길을 가네
어제도 오늘도 내일도
가도 가도 끝도 없는 길이라지만
마지막 그때까지 쉼 없이 나아가리니

숲을 뚫고 지나는 바람인 양
폭풍우에 휩싸인 먹장구름같이
깊은 골짝 후비며 흐르는 계곡물처럼

어찌 어렵고 지치지 않으랴
눈물겹도록 고단하고 험하리라
찢겨도 아파도 묵묵히 참고 견디는
나그네의 걸음걸음 뚜벅뚜벅 옮길지니

차마 처절하게
울부짖고 몸부림칠지라도
발길을 멈추거나 포기하지는 않으리라
가고 가리라.

내용 증명

복잡하고 어지러운 삶
안팎 뜨락 언저리에서 늘
부딪히고 얽히고설킨 사연들
법률이 해결사 열쇠가 아님을
잘 알면서도 그 속으로 빠져든다

좋은 일보다 안 좋게 뒤틀린
말로는 순리적으로 풀기 어려운
그중에는 악성 내용도 있을 터

상대에게 심리적 압박도 주고
훗날 해결의 실마리로 삼으려는
이해관계를 유리하게 이끌기 위해
법에 호소하려는 각박한 세상이어라

분쟁과 소송도 공정한 판결도
언제나 들고 나는 무수한 물살
그 거친 밀물과 썰물을 헤쳐 나가려는
인간의 모진 발악들 눈물겹기만 하여라.

녹슨 기찻길

머리는 돌아가지만
정신이 오락가락한다

생각은 많고 넓어도
덜컹덜컹 소리를 낸다

늙고 녹슬면 그렇다
나이는 속이지 못한다

아무리 잘하려 해도
생각대로 되지 않는다

걸음걸이가 무뎌지고
허우대도 구부정해진다

어눌하고 침침한 길
누구도 피해 갈 순 없다.

다수결의 원칙

효율적 정당 정치를 실현함에 있어
자유 민주주의의 대원칙이긴 하다만
다수의 횡포와 소수의 저항이 난제이다

바람직한 정당 정치는 협의이며
다수결의 원칙도 예외일 수 없다
소수의 의견이 무시돼선 안 되지만
반대를 위한 반대 또한 원칙을 훼손한다

가장 먼저 보국 위민을 앞세우고
"대한민국의 주권은 국민에게 있고
모든 권력은 국민으로부터 나온다."라는
헌법 규정이 다수결의 원칙보다 우선이다

어려운 서민들의 눈물을 닦아 주고
힘없는 민초들 권익을 두루 보살피며
대한민국의 백성임을 자랑스럽게 여기는
훈훈하고 살기 좋은 금수강산을 만들어 보자.

다시 또다시

엎어지면 일어서고
자빠져도 다시 일어나서
힘들고 고된 길 가고 또 간다

나아가는 걸음걸음
너무 험하고 가파를지라도
결코 멈추거나 되돌리지 않는다

어찌 지치지 않으랴
가도 가도 끝도 없는 길
그 길이 어찌 눈물겹지 않겠는가

드러눕고 싶으리라
그만 편히 쉬고 싶으리라
숨 막히는 숨결 고르고 싶으리라

아무리 그럴지라도
꼭 가야만 하는 길이기에
그대 발길 끝끝내 옮기는 것이리라.

다 된 밥에 코 빠뜨릴라

김이 무럭무럭 나는
금방 지은 밥을 푸다가
자칫 콧물을 빠뜨리기 쉽다

무더위에 땀이 솟듯
뜨거움에 약한 분비물
언제나 조심하는 길밖엔 없다

땀과 콧물이야
자연스러운 현상이지만
그걸 알고서야 어찌 먹겠는가

제발 다 된 밥에
땀 콧물 떨어지지 않도록
마지막까지 실수가 없어야 한다.

달 뜨는 소리

달은
떠오를 때마다
온몸으로 내는 소리가 다른 듯

아무리 지치고 아파도
소리 내어 울지는 않지만
도려내고 붙이는 소리를 내는 듯

하루가 달리
모습이 변하는 그 과정
몸소 몸부림치고 울부짖는 여정

하루를
보름같이 기다리며
끊임없이 밟는 질곡의 길
달 뜨는 소리는 날마다 다 다르다.

돈

반갑고 놀라워
아이 울음 뚝 그치고
입이 떠억 벌어지는 어른
너무나 신나 들뛰며 춤추네

돈 돈 돈벼락
얼씨구나 좋구나 좋아라

안 되는 게 없는 돈
세상사 다 해결되는 돈이여

아, 그러하건만
아무리 소중하고 좋을지라도

그냥 두고 떠나가야 하니-
쓸쓸한 영혼 달랠 길이 없어라.

돌에 핀 꽃

차마
처절히도 아팠으리라
모진 절망 속에 뿌리내리느라
그 얼마나 울부짖고 몸부림쳤느냐

미친 듯이
파고든 그 열정
기필코 일구려는 들끓는 도전
일렁이는 투지를 어찌 막을 터인가

비록
이름 없는 꽃일지라도
차마 초라한 한 송이 꽃이어도
펄펄 끓는 열망 결국 헤집고 후볐네

삶이란
모질도록 독한 것임을
그대가 몸소 피워 내 보여 주거늘
어느 뉘라서 어렵다 힘들다 말하리오.

떨어지는 칼날도 잡아라

잡을 수만 있으면
날아오는 화살이나
떨어지는 칼날도 잡아라

도전은 투쟁이고
투쟁은 곧 모험이며
모험 없는 성공은 요원하다

두려워할 것 없다
까짓 죽기 아님 살기다
언제 죽어도 한 번은 죽는다.

뜨거운 사랑

활활 타오르거나
펄펄 끓어야만 꿀맛이다
식은 팥죽처럼 밍밍한 사랑은 별로다

백 마디 말보다는
따사로운 눈빛으로
차가운 손길보다는
포근한 보살핌으로
미적지근한 가슴보다는
따끈한 포옹으로

비록 표현은
서툴러도 거짓 없는 마음
고이고이
보살피는 정성 가득 찬 가슴
사랑을 위해
한결같이 기도하는 영혼으로

갓 구운 고구마같이 달착지근 따끈따끈한.

마음의 여유

얼마나 담아야 흡족할까
많을수록 가슴이 여유로울까
먹을수록 맛이 덜 좋은 입맛은
사랑도 재물도 명예도 다르지 않다

영혼은 날고 싶으나
성화와 열망이 가로막고
가슴과 마음은 여유롭고 싶어도
탐욕의 소용돌이가 놔두지를 않는다

아무리 채우고 채워도
채울 수 없는 밑 빠진 항아리에
물을 붓는 어리석은 짓을 하고 또 한다

되풀이하는 헛수고보다는
차라리 비우는 게 채우는 것임을
죽도록 영원히 깨닫지 못하는 것이다

마음의 여유는 스스로가
마음을 비우는 지혜에서 나옴을 모른다.

마지막 선택

그대여 잠깐만,

그래 꼭 지금 떠나야만 하겠는가.

많은 걸 가졌으면서도

담수 능력만큼만
가두는 저수지나 댐은
물이 불으면 방류로 조절하지만
인간의 탐욕에는 한도 끝도 없다

죽어 땡전 한 푼도
갖고 가지도 못할 것을
오직 챙기는 데 눈이 뒤집혀
벌면 벌수록 노랑이가 되고 만다

그렇기도 하리라
얼마나 고생해 번 건데
아까운 걸 거저 준단 말인가
피 같은 재물 공짜로 퍼 준단 말이냐

가슴이 쓰리리라
심장도 벌렁벌렁하리라
어림 반 푼어치도 없으리라
끝끝내 악착같이 꼬불치다가 가리라.

맑은 영혼, 뜨거운 가슴

내가 만약
태양을 품은 호수처럼
맑은 정령
뜨거운 심장이라면
온갖 아픔을
녹일 수 있을 터인데

내가 만약
둥근 달을 품은 호수같이
환한 눈빛
포근한 가슴이라면
쓰디쓴 눈물을
삭일 수 있을 터인데

그대는 호수
내가 태양과 달이라면
그대의 심장과
가슴을 불사르고
영혼마저 얼싸안아
너울너울 춤이라도 출 텐데.

말종

망종인가
말종인가 인간쓰레기들인가
폐기물 오물과 같이 지내서 그런지
시궁창 싸움 똥물 범벅 막말로 망한다
말 말 말 이보다 더 추잡한 게 또 있을까

코뚜레
안 뚫은 송아지 멋대로 들뛰듯
개판 난장판 아수라장 아사리판이다
술독 기어 나온 망나니 칼춤 휘둘러 대고
하수 빠진 쥐새끼 기생오라비 춤을 춘다

사실은
누가 더하고 덜한 것도 없는 게
들여다보면 죄다 거기서 거기이다
겉으로는 말쑥한 척해도 속은 썩었고
안까지 상한 바나나처럼 그냥 물컹물컹하다

말세일까 심판 날의 그때일런가

패륜아 불효자도 쇠귀에 경 읽기요

쑤시고 벗기고 들추고 때리고 토막 내며

갈등도 불화도 전쟁도 통곡도 끝없는 길을 헤맨다.

맨드라미

그대는
꽃 중의 꽃이어라
빼어난 아름다움 멋스러운 맵시
닭 볏처럼 솟아오른 예쁜 족두리

양귀비를
닮고 싶어서인가
화려하고 현란한 생김새보다는
우아한 겸허함이 한층 돋보이는 듯

붉게
타오르는 열정의 꽃송이여
덧없는 스러짐 어찌 아쉽지 않으랴

고이고이
오랫동안 피어나고 싶어도
가야 하는 길 따라 순응하는 삶이여

한평생
온몸 활활 사르다 떠나가는 그대여.

먹는 타령

많은 먹거리를
앞에 푸짐히 놓고도
무엇으로 골라 먹을까

먹을 게 없어
울부짖는 딱한 사정
차마 가엾은 눈망울들

풍족한 음식이
얼마나 행복인지
미처 알지 못하는 듯

굶어서
죽거나 말거나
아무 상관이 없다는 양

끼니때마다
그놈의 먹는 타령들이다.

명암의 질주

낮과 밤이
번갈아 우주의 터널을 지난다
신비로운 밝음과 어둠 사이에는
뜻 모를 오묘한 섭리들이 지배하고
그 속에 갇혀 지내는 지구촌의 처지는
한 치 앞도 알 길 없는 불가사의의 연속이다

우주의 작은 파편에 지나지 않으면서도
걸핏하면 미치광이처럼 행패와 불장난이요
폭력을 즐기는 족속이 파멸을 서두르고 있다

잠시 잠깐도
멈추지 않는 시간의 흐름 속에서
언제 끝날지 모를 지구의 절박한 운명-
최후의 그 순간을 향해 로켓처럼 질주하는 걸까

오로지 단 하나
패망의 지름길 들끓는 욕망뿐이요
미친 듯 발광하는 오만한 어리석은 짓들
종말을 앞당기는 패악질이 섭리를 거스르고 있다.

무식과 유식

그대여,
알면 얼마나 아는가
알면 알수록
무식과 무능이 많은 것을

잘하면 얼마나 잘하는가
어느 누구도 다 잘할 순 없다

유능한 척
해 봐야 별 볼 일 없고
유식한 체를 해 본들 그저 그렇다

밤하늘의 별들보다도
바다의 물고기들보다도
더 많고 많은
무궁무진한 배움의 길
섣불리 아는 체 유식한 척 말라
무식과 무능이 정상이다

무식하다 무지하다
함부로 평하지도 말라.

무심코 던진 돌이라지만

그대여,
그대는 그냥
무심코 던진 돌일지라도
돌에 맞는 아픔 무섭고 엄청나다

개구리가 맞아 죽고
참새 날개가 부러지며
얼굴이 시퍼렇게 멍든다
어느 한순간 피투성이 되고 만다

큰 돌이 아닐지라도
아주 작은 모래알이어도
함부로 뿌리거나 던지면 위험하다

그대는 장난삼아
무심히 던진 돌이라지만
하늘이 무너지고 땅이 통곡을 한다.

무한 도전

반드시 해낼 수 있다는
도전을 향한 들끓는 열망은
처음부터 오직 가능성만 믿는다

활활 일렁이는 숯가마와
펄펄 끓는 용광로의 쇳물이
남김없이 다 태우고 녹여 내듯
타오르는 열정에 불가능이란 없다

아름다운 무한 도전이여
눈부시고 향기로운 불꽃 송이
그곳을 바라보는 눈은 빛나고
가슴과 영혼은 소망으로 찬란하다

아무것도 두렵지 않다
망설이거나 멈추지 않는다
꼭 이루고야 말겠다는 투지는
오롯이 바치는 목숨을 건 도전이다.

무한 욕망

출출하거나 배가 고파
꾸역꾸역 먹는 게 아니라
아무리 먹어도 창자가 헛헛하여
그냥 닥치는 대로 먹어 치우는 먹보들

배가 가득 찼어도 먹고
금방 터질 것 같아도 먹고
오로지 먹어야만 한다는 식탐은
한도 끝도 없는 무한 욕망으로 타오른다

애인도 많을수록 좋단다
땅도 보석도 빌딩도 증권도
돈이 될 만한 거라면 가리지 않고
모은다 움켜잡는다 악착같이 쓸어 담는다

긁는 재미가 얼마나 좋은데
창고마다 꽉꽉 채우는 그 희열
날로 쌓여 가는 황금빛 물결들
돈더미 위에서 덩실덩실 춤추고 노래 부른다.

묵을수록 좋은 된장과 술

함초롬히
익은 맛 입맛을 홀리고
오묘하고 깊은 향 영혼을 사로잡네
그러기에 오래 묵을수록 좋다 하던가

어찌 그리도
혀에 착착 달라붙나
곱씹어 굴릴수록 감기며 맴도는 맛
그러니 오래 사귄 우정이 진할 수밖에

묵을수록
그윽한 된장과 술맛
정성 가득 빚은 절절한 열망의 산물
한순간의 음미로 측량할 수조차 없어라.

미움의 불길

밉다
너무 밉다 정말 밉다
미워하지 않으려 해도 밉다
미워도 너무너무 끔찍하게 밉다

불길
마음과 가슴속에
활활 일렁이며 솟구치는 불
펄펄 끓어오르는 분노의 불덩이

이젠
그만 그만 하면서도
더는 안 돼 안 돼 외치면서도
시뻘건 불길 달래고 끄지 못한다

때로는
가슴이 너무 아파 울고
끝내 어쩔 수 없어 통곡한다
울부짖고 몸부림치다 가슴 뜯는다.

미워하는 아픔

사랑하진
않을지라도 미워하진 말라
사랑하진
못할지라도 저주하진 말라

사랑 없는
사랑보다 불행한 사랑은 없고
미워하는 아픔보다
더 고통스럽고 슬픈 삶은 없다

미움은 더 큰 미움을 낳고
저주는 더 큰 저주를 부르거늘

죽도록
미워할 바에야 차라리 사랑하라

끝끝내
사랑하지 못하겠어도 사랑하라
미워하는 것보다는 훨씬 행복하리라.

미치광이

매일같이 지지고 볶는 삶에
미치고 환장하지 않는 인간이 있을까

아마도 없을 게다 어느 누군들
미치지 않고 멀쩡할 수가 있단 말인가

아픔 슬픔에 갈기갈기 찢어지고
억제할 길 없는 분노에 울부짖으며
갈등 미움 저주는 영혼을 산산이 부순다

파멸의 불길이 활활 타오르고
휘두르는 총칼이 빚어낸 피의 물결
악마와 괴물들의 미친 짓이 누리를 휩쓴다

너도나도 모두 미쳐서 날뛴다
미치지 않고는 도저히 견딜 수 없다
거리마다 곳곳마다 바글거리는 미치광이들

차라리 미치는 게 낫다.

밑 빠진 독

한강 물을 다 퍼다 부어도
독에 남는 게 없다면 헛수고다

잘난 체는 혼자 다 하지만
뭐 하나 되는 꼴 없으면 허사다

뭔가는 남아야 하지 않는가
뭐든지 이루어져야 하지 않느냐

흰소리만 땅땅 치는 것보다
뭐 하나라도 실속이 있어야지

하루같이 찧고 까불지만
줄곧 헛수고 허사라면 맹탕 아닌가

모자라고 부족해도 좋으니
아무쪼록 뭐라도 남는 장사를 해라

얼간이 멍청이도 괜찮으니
제발 마음 편안하게 살게 좀 해 달라.

바다의 가슴

욕심부리지 않아도
그냥 비우고만 있으면
가득 채워지는 가슴이어라

늘 너그러운 마음
이르는 대로 얼싸안아
넘실넘실 풍요로운 보금자리

다양한 많은 생명
보듬으며 먹이고 기르는
한결같이 크고 너른 가슴이어라.

바람의 민낯

산들산들 부는 봄바람
옷깃을 여미는 서늘한 소슬바람

강한 폭풍우가 휘몰아치고
거센 태풍은 모조리 휩쓸며
돌풍 회오리 토네이도 발악을 한다
솟구쳐 오르는 용오름 만만치가 않다

바람은 그냥 바람일 뿐이어도
시도 때도 없이 부딪혀야만 하는
온 누리의 수많은 생명은 고단하다

사랑할 수도 미워할 수도 없는
한껏 뒤틀린 폭력 앞에 속수무책인 채

그냥 묵묵히 감당할 수밖에 없는
그래 불어라 얼마든지 부수고 때리거라
울부짖는 초라한 몰골이 서글프기만 하다.

바람처럼 구름같이

지나다가
잠시 사이
잎새를 스치는 바람
미안 미안 얼른 가야만 해서요

흐르다가
잠깐
하늘을 지나는 구름
미안 미안 속히 가야만 해서요

바람처럼
구름같이
스치고 흐르는 인생
머무는 듯 서둘러 가는 나그네여.

바람 불고 비 오는 날

그때,
바람 불고
비가 오는 날

저수지를
향해 울면서
뛰어가는 청년

맑고
파란 저수지 물
웃는 얼굴 보고 있네

그만 그만
안 돼 안 돼
구슬픈 가슴 쓰다듬네.

바람 스치듯 웃는

헤픈 듯 찰진 웃음이 좋다
웃을 듯 말 듯 한 어설픔보다
쫄깃쫄깃 확확 감겨 오는 짜릿함

너무나 헤퍼도 안 좋지만
실실 비틀고 빼는 것도 별로
차라리 담백하고 솔직함이 낫다

억지로 참는 웃음보다는
맑고 파랗게 흐르는 강물처럼
꾸밈없고 부드러운 백조 같은 미소

속에 아무것도 섞지 말고
그냥 나오는 대로 바람 스치듯
너그러움 온유함이 진할수록 좋다.

발악의 노예

조절 능력을 상실한
부글부글 끓는 격정은
상식과 이성으로 통제할 수 없다

화는 불을 지피고
분노는 총칼을 휘두른다

창자가 뒤틀리는 욱!
분노가 울부짖는 버럭!
들끓는 증오와 저주는
도깨비방망이처럼 날뛰며 해치운다

눈이 뒤집히고
제정신이 아니다
인간이길 포기한 악마

끝장으로 달리는 발악만 있을 뿐이다
짐승만도 못한 괴물.

밥

무얼 먹을까
아침 점심 저녁 새참 군것질
한참을 씨름하는 건 사람들뿐이리라

밥이 그 얼마나
귀중하고 고마운지
배가 부른 이들은 아마도 잘 모르리라

닷새만 굶어 봐라
죄다 먹거리로 보이리라
눈알 뱅뱅 돌고 예서 제서 헛소리하리라

밥처럼
소중한 보물이 또 있을까
먹을 적마다 감사 기도부터 해야만 한다

안 먹고 못 먹으면 죽는다
먹어야 산다.

방심이 부르는 사고

심히
안타깝다만
잠시 잠깐의 방심이
어마어마한 사고를 부른다

다치고
목숨을 잃으면
통곡한들 소용없는
이미 깨진 바가지 엎지른 물

바로
한순간이어라
믿는 도끼 발등 찍히듯
늘 근신하고 조심해야만 한다.

벼 이삭들

흩뿌린
황금이다 황금 알갱이들이다
들녘에 넘실거리는 황금빛 물결
다 함께 어울려 춤추는 모습이어라

봄부터
이제까지 참고 견뎌 낸
오로지 일궈 내야만 한다는 열정
사무치는 아픔 서리서리 품었으리라

잘 익은
벼 이삭들이여 장하구나
결국 뜻을 이뤄 내고야 말았으니
알알이 영근 이삭 멋지고 아름답구나

어느덧 다소곳이 숙인 고개
익을수록 머리 숙이는 지혜까지
볼수록 풍성하고 덩실덩실 평화로워라.

변화의 물결

살을 에는 듯한 강추위도
따사롭고 포근한 봄 햇살도
한여름 날의 따가운 뙤약볕도
넘실대는 열매 풍요로운 가을도

흐르는 세월 따라 변하는
대지도 강도 바다도 하늘도
멈춤 없이 돌고 도는 변화의 물결

마음 가슴도 수시로 변해
사랑하고 미워하고 좋고 싫고
싸우고 웃고 분노하고 화해하고
양심이랑 영혼마저도 울고불고하는

자유와 평화를 열망하면서도
전쟁과 파멸을 앞장서 저지르고
단합과 화합을 부르짖으면서도
분열과 분쟁을 부채질하며 응원하네.

별것도 아닌 걸

궁금해 죽겠다
알고 싶어 미치겠다
쑤시고 들춰내고 싶다
속속들이 까발리고 싶다

속에 점은 없는지
가슴에 털이 많은지
벽돌로 양심 가렸는지
샅샅이 밝혀내 알고 싶다

하긴 누군들 없으랴
은밀한 점 털 울타리
몰래 혼자만 알고 있는
이런저런 얄궂은 사연

있으면 좀 어떤가
다 그렇고 그런 것들
별것도 아닌 걸 짓씹고
때리고 키질해 까불고 있다.

보람을 찾는

그대에게나 나에게나
세상의 그 누구에게라도
보배로운 소명이 있으리라

온 누리 많은 꽃도
저마다 곱고 예쁘거늘
하물며 소중한 인간임에랴

따사한 눈으로 밝히고
포근한 손길로 보살피는
아름답고도 향기로운 사명

열정의 수고와 땀으로
아낌없이 다 태워서라도
보람을 찾는 고귀한 길이리라.

부드러운 눈빛

날카로운 눈동자여
마음의 거울이 눈빛이거늘
어찌하여 싸늘하게 노려보는가

가끔 화도 나리라
어쩌다 밉기도 하리라
이런 일 저런 일 실망도 하리라

평소 깊고 맑은
부드러운 눈빛이어도
불꽃이 튀기는 순간이 있고
끓어오르는 분노 발광하기도 하는

평온한 마음
여유로운 가슴
너그러운 영혼일지라도
냅다 휘몰아치는 삭풍에 울부짖는다.

부러움

부럽다
정말 부럽다
너무너무 부럽다
어린아이 청소년들 젊음

맘은 청춘이어도
생각은 굴뚝같지만
녹슨 몸이 따라 주지 않는다

팔딱팔딱 싱싱한 심신
한창 싱그럽고 푸르른 꿈들
펄펄 끓어 넘치는 열정과 도전

아, 부럽다
이미 멀리멀리 스러져 간 날들

엊그제만 같은 지난날들이여
다시 되돌릴 길 없는 그리움이여.

분열과 단합

갈수록
심해지는 분열과 분쟁은
결국 단합과 화합을 해치는 괴물
이를 모르는 철부지는 없으면서도
기어코 그 길을 가기 위해 투쟁하는

물론
일부러 그러지는 않겠지만
하여튼 결과적으로 그쪽을 향하는
그게 아주 안 좋은 걸 잘 알면서도
불난 집에 부채질하는 것 같기도 한

다 함께 죽자는 함몰 작전인가
아무리 그래도 그렇지 그건 아닌 듯
어찌 그리 막 간단 말인가 험악스럽게

단합과 화합밖에는 없지 않은가
한 뼘씩 양보하고 한 발씩 물러서자
그 길이 아주 멀리 있는 것만은 아니다.

불타는 지구

이러다 언젠간
파멸하는 건 아닐까
이러다가
결국에는 사라질지도 모른다

예서 제서
타오르는 사나운 불길들
이글이글
끓어 넘치는 시뻘건 불의 고리

극한으로
치닫는 끔찍한 참상
욕망의 불길
사로잡힌 무자비한 불장난들

잿더미가 되고
망가지고 허물어지는
찢겨 아파 울부짖으며 통곡한다.

불타는 청춘

활활 타오른다 펄펄 끓는다
망설이지도 두려워하지도 않는다
숯가마의 불처럼 용광로의 쇳물처럼
이글거리는 불꽃 열정만이 있을 뿐이다

한사코 가야만 하는 길이기에
반드시 해야만 하는 소명이기에
차마 지치고 아파도 감내해야만 하는
오직 가고 해야만 하는 일렁이는 불이다

너무나 값지고 소중한 길이요
끝끝내 포기할 수 없이 보배로운
그 길이 제아무리 거칠고 험할지라도
눈물겹도록 처절하고 아파 통곡할지라도

가야만 한다 해내야만 한다
가고 또 가고 하고 또 해야만 한다
갈가리 찢기고 산산이 부서질지라도
타오르는 청춘 쓰러지거나 멈출 수는 없다.

불행하다 비관하지 말라

특별히 불행하지 않다면
그대는 이미 행복한 것이다
불행 속에서도 얼마든지
음미할 수 있는 맛이 행복이거늘

불행을 불행이 아니라고
자위하고 격려하는 순간부터
그대는 벌써 행복한 영혼인 게다

불행하다 비관하지 말라
슬프고 괴롭다 노하지 말라
눈물과 고통으로 빚고 일구는
삶의 발걸음은 향기롭고 위대하다

행복은 스스로 만드는
마음과 가슴과 영혼으로
불행을 떨쳐 버리면 곧바로 행복하다.

빈곤

모자란 빈곤은 채우면 되지만
넘치는 빈곤은 채울수록 헛헛하다
스스로 비우고 채우는 길밖에는 없다

한계 능력은 극복할 수 있어도
생각 빈곤은 우물 안 개구리처럼
다람쥐 쳇바퀴 돌듯 늘 그 모양이다

넉넉한 마음에는 웃음이 깃들고
여유로운 가슴에는 기쁨이 넘친다
자유로운 영혼이면 무엇을 더 바라랴

좀 부족한 듯 채우는 것이 좋고
다소 헐렁한 듯 입은 옷이 편하다
어느 누가 웃는 얼굴에다 침을 뱉으랴

항상 아등바등 몸부림치지 말라
텅 빈 영혼 밤낮없이 울부짖지 말라
보란 듯 빈곤의 악순환을 끊고 도려내라.

빛과 맛

사랑이
그 따사로운 빛과
달콤한 맛을 잃으면 쌀쌀하고 맵네

맑고 환한
부드러운 눈빛
강추위 얼음장처럼 차갑게 얼어붙고

너그러이
보살피는 손길
정글의 가시처럼 사납고 거칠어지네

사근사근
상냥한 속삭임
덜컹대는 수레의 바퀴처럼 요란하니

눈빛 손길 목소리는
그 빛 그 맛을 지닐 때 아름다운 거라네.

사랑의 온도

사랑의
온도만큼
변덕스러운 것도 없으리라

펄펄
끓다가도
어느샌가 차갑고 싸늘하며

활활
타오르다가도
언제 그랬냐는 듯 냉랭하다

웃고
노래하다가도
짜증을 내며 싸우기도 한다

사랑하기에도 겁난다
웃고 즐기기도 두렵기만 하다.

사랑의 촛불

일렁이는 불이다
촛농이 흘러내리듯
그리움이 녹고 끓는다

그립고 그립다
너무너무 보고 싶다
사랑의 불꽃이 흐느낀다

못내 못 잊을 사람
죽도록 그리울 사랑
영원히 보고 싶을 그대

그리워 타다 타다
다 녹아내릴지라도
영영 잊지 못할 사람이여.

사랑한다 말할걸

우리 그만 헤어지자
그대가 내게 말할 때
사랑한다 말할걸

안 돼 안 돼 안 돼
우린 헤어질 수 없어
난 널 너무너무 사랑하니까

이 말을 왜 못 했지
그때 어째서 망설였니
용기를 못 냈던 거야 바보야.

삶이란 슬퍼야만 하는 건가요

눈물겨운
참담한 비극 속에서도
기막힌 슬픔 토해 내는 몸부림에도
숨 막히는 고통 삼키는 울부짖음에도
끝내 견뎌 내고야 말겠다는 아우성에도
그 속에서도 반짝이는 소망스러운 눈빛들이여

산다는 건
슬퍼야만 하는 건가요
상처와 눈물 아픔까지도 보듬으면서
처절한 몸부림 울부짖음 아우성조차도
어쩔 수 없이 감당해야 하는 멍에인가요
너무 서글픕니다 차마 가혹하고 잔인합니다

멈출 줄 모르는
재난 전쟁의 참화
총칼 휘두르며 생명을 해치는 비극들
그칠 줄 모르는 폭력 패륜의 소용돌이
땅 바다 하늘 다 함께 통곡하는 울음소리
아, 이를 어찌해야 하나요 어찌하면 좋을까요.

새로운 꿈

점점
더 새로움을 좇는
한도 끝도 없는 무한 도전은
한층 새롭고 새롭기를 열망하고

이미
이룬 꿈은 과정일 뿐
찾아가는 이상향이 아니기에
펄펄 끓는 열정은 꺼지지 않으며

꿈을
향한 설레는 소망은
언제나 영혼 가득히 들끓는
쉼 없이 타오르는 뜨거운 불꽃이라

더 높이
더 멀리 더 크게
새로움을 향한 힘찬 발돋움
끝끝내 그만두거나 멈추지를 않는다.

새로운 희망들

티 없이 맑게 빛나는
초롱초롱 고운 눈망울들
아이들한테는 아무 잘못도 없다

다치거나 버려선 안 된다
해쳐서는 더더욱 아니 된다
전쟁 속에서도 새로운 희망들이다

아이를 보살피는 손길들
엄마처럼 아빠처럼 돌보는
그대들은 희망을 살리는 천사들이다

우주보다 소중한 어린 생명
제아무리 어렵고 힘들지라도
어린아이들을 정성껏 보살펴야만 한다.

새벽부터 밤중까지

생존을 향한 줄기찬 맥박과 호흡은
어느 한순간도 멈춤 없이 우렁차고 장엄하다

저마다의 소중한 생명을 부둥켜안고
가혹하리만치 사납고 험한 풍파와 투쟁한다

새벽같이 지축을 뒤흔드는 발굽 소리는
온 누리에 가득 울려 퍼지는 출발의 신호이자
찬란히 솟아오르는 아침 해를 향한 환호는
수많은 생명이 하루를 시작하는 메아리다

날이면 날마다 쉼 없이 줄달음치면서도
오로지 끝끝내 가야 할 길임을 절규하는 듯한

그 누구도 그 길을 막지는 못한다
그들이 용맹스럽게 질주하는 그 길은
영원히 가야만 하는 열망의 길이기 때문이다

간절히 기다리는 것만으로도

가슴 터질 듯 벅차오르는 그곳을 향한
활활 타오르는 불길처럼 한없이 소망스러운 길

눈부신 태양이 어김없이 솟아오르듯
환히 밝아 올 그날이 기다리는 한 가야만 하는
달리고 달릴 뿐이다.

선택적 생존

자연인은 한껏 여유로울까
깊은 산자락 고요한 생활에서
오롯이 흡족하고 행복하기만 할까

속세의 탐욕과 번민을 떠나
마음과 가슴 영혼 다 비우고
초목이랑 물 바람 구름 벗 삼아
지저귀는 새소리 흥겨움에 취한 삶

허구한 날 지치고 힘들어도
생존하는 가치는 다채롭거늘
저마다 추구하는 다양한 신념들
고통만이 따르리라 단정할 순 없다

아무리 찾고 또 찾아봐도
온전히 선택적 생존은 어렵다
완벽하게 자유로운 삶도 힘들다
생존이란 복잡한 생태적 결합인 게다.

소중한 사람

깊이 맺은
인연처럼 값진 것은 없다
소중한 사람만큼 보배로운 것은 없다

그대를
만났다는 사실이야말로
얼마나 큰 행운이요 축복인지 모른다

바라만 봐도
벅차서 뛰는 가슴
생각만 해도 저절로 설레는 심장
그대 없인 못 살 것 같은 들끓는 열정

죽도록 지켜 주겠다는
표현으로는 많이 부족하다
영원토록 보살피겠다는 말로도 약하다

하늘만큼 땅만큼 사랑한단 말도
어떤 말로도 진심을 고백하기는 모자란다.

솔직하자 솔직하자 하면서도

솔직하자 솔직하자
마음으로는 부르짖으면서도
그럼 내가 죽는 길 아니 되지

당장 홀랑 벗고 다
팬티도 벗고 밝히고 싶지만
조금 더 뭉개자 끝내 버려 보자

좋아했으면 좋아했다
사랑했음 사랑했다 그럼 되지
요즘 연애 사랑 안 하는 놈 있냐

별것도 아닌 걸 가지고
허구한 날 지지고 볶는 놈이나
아니다 뻗는 놈이나 거기서 거기

치사한 놈들아 그만해라
싸우려거든 근사하게 화끈하게
진짜 뻑적지근한 걸로 들러붙어라.

신뢰와 불신

믿음은
신뢰를 쌓고

의심은
불신을 키우네

신뢰의 뿌리는
바람에 흔들리고

불신의 사다리는
점점 더 높아지네

무너진 신뢰는
다시 쌓기 힘들며

불신의 뿌리는
점점 자라 깊어지네.

숲속의 노래

세상의 평화를 기원하기 위해
멧비둘기는
쑥국쑥국/쑥쑥국쑥국 노래하나 보다

내 새끼 잘 크는가 염려스러워
뻐꾸기 한 쌍
뻐꾹뻐꾹/삣삣삣 가슴 후벼 파며 울고

짝 잃은 직박구리는
발톱으로 옆구리를 쥐어뜯으며
이른 새벽부터
삐이이익 끼이익 목청껏 부르나 보다

박새도 짝을 찾는가
찌쥬 즈르르르 씨이 씨이 씨이
팔랑팔랑 바삐 날면서 울부짖고
이름 모를 새 피잇 피잇/삐릿 삐리릿

새들의 고운 합창 소리 가득한 숲속

자유와 평화 넘실대는 아늑한 보금자리
뭇 수목도 흥겨운 듯 너울너울 춤을 추네.

아니면 말고

뜬소문인지 헛소문인지
가짜 뉴스인지는 모르겠으나
하여튼 뻑하면 할퀴고 물어뜯는다

알릴 권리라는 미명 아래
특종이란 짜릿한 명분을 앞세우며

아니기를 바라기보다는
제발 사실이기를 갈망하면서
당장 숨통이 끊기길 기도하면서
잔인한 전투력 발휘해 발가벗긴다

속보라는 깃발을 휘날리고
천인공노할 범죄임을 강조하며
신속히 알려야만 한다는 사명감
지체 없이 까발리며 속속들이 밝힌다

그러면서도 속으로는
훗날 사실이자 진실이기를
아니면 말고 식 보도가 아니기를 빈다.

아름다운 날들

아, 얼마나 아름다운 세상이냐
보면 볼수록 곱디곱고 아리따워라

아, 그 얼마나 멋진 인생인가
신비롭고 오묘한 곡예사의 삶이어라

한 인간이 태어나는 순간부터
마지막 그 순간까지 현란한 발자취들

산다는 것이 얼마나 소중한지
쫄깃하고 짜릿하게 들뛰는 맥박과 호흡

지금 살아 있다는 귀한 사실
앞날을 일구려는 소망스러운 열정
맹렬히 투쟁하는 보람차고 힘찬 발길
어느 하루라도 아름답지 않은 날은 없다

살아 있다는 그 자체가 향기롭고
소망을 향하는 발길이 너무나 값지며
멈추지 않는 불타는 열정과 도전은 위대하다.

아름다운 마음

물론
얼굴도 예뻐야 하겠으나
그보다 먼저 마음이 고와야 한다

겉으론
알 수 없는 마음이지만
얼굴만 보아도 얼추 알 수가 있다

항상 밝고 환한 미소를 머금은
두루 보듬고 베푸는 것 같은 낯빛
다정하고 따사로운 손길이면 좋겠다

사슴의 눈처럼 깊고 맑은 눈동자
너그러움이 온 누리를 어루만지고
해와 달과 별들도 다 얼싸안는 영혼

하루하루 삶이 진주보다도 영롱한
눈부시고 찬란한 다이아몬드와 같은

가파른 언덕도 두려워하지 않으며
날마다 날마다 힘찬 발걸음을 내딛는
이런 마음이면 좋겠다.

아무리 그래도 살아야만 한다네

휠체어 기대어 절름절름 걸을지라도
90도 구부러진 허리 폐지를 주울지라도
아무리 어렵고 힘들어도 살아야만 한다네

생선 찌꺼기 먹고 사는 구더기들처럼
소똥 말똥 굴리며 영차영차 구리들처럼
고달프고 처절할지라도 살아야만 한다네

한세상 삶이란 그 얼마나 아름다운지
세상에 태어난 것만으로도 너무 고맙고
우주보다도 소중한 인간임은 더욱 감사해

비록 똥을 굴리는 구리 같은 삶이어도
귀한 목숨 끝나는 날까지 악착같이 견뎌
끝내 보란 듯 당당하게 살다 가야 한다네

언제인가 마지막에 이르러 돌아보면서
그래 이만하면 되었다 정녕 잘 살았도다
이 같은 삶이면 멋진 인생 아니냐 소리치리.

아픔과 눈물

눈물은 성장의 자양분이요
아픔 또한 열정의 촉진제이다

눈물을 흘리지 않고는
맥박과 호흡을 음미할 수 없고

아픔을 새기지 않고는
위대한 생명을 만끽하지 못한다

현란한 삶의 희로애락
그 얼마나 소중하고 값진지 아는가

내딛는 한 걸음 한 걸음
움직이는 눈동자 손짓 몸짓들
당당히 살아 있는 멋지고 장엄한 사실

아픔을 두려워하지 말고
눈물과 슬픔을 겁내지 말라
삶이란 그 속에서 지지고 볶는 예술이다.

악마와 괴물

놀라운
안 믿기는 얘기지만
인간의 검은 마음속에는
악마와 괴물들이 우글거린다

선량한
마음인 척하면서도
보기 드문 양심인 척하면서도
능구렁이 여우 늑대의 소굴이다

스스로
깜짝깜짝 놀라면서도
그래선 안 돼 부르짖으면서도
악마와 괴물들의 노예로 살아간다

갈수록
교활하고 악독해지는
인간 피 빨아 먹는 흡혈귀처럼
몰락과 파멸의 순간만을 노리고 있다.

애정 결핍증

늘 사랑이
고픈 텅 빈 영혼
채우고 채워도 항상 헛헛한
뜨겁게 태울수록 더욱더 외롭네

사랑한다는
말 차갑기만 하고
아름답다는 말도 쓸쓸하기만
바람처럼 스칠 뿐 담기지 않네요

사랑이란
대체 무엇이길래
주고받는 열정조차 믿지를 못해

눈빛과 몸짓
하나도 와닿지 않는
아, 텅 빈 가슴 어찌해야만 하나요.

어느 누군들 울지 않으랴

짐으로 가득 찬 꾸러미들
이고 들고 지고 가는 나그네

그 짐들이 하도 무거워
내려놓고 싶어도 그럴 수 없는

지쳐 아픈 팔다리 휘저으며
가파른 고개 오르고 오를 적에

어느 누군들 울지 않으랴
슬피 흐느끼고 울부짖지 않으랴

참아야만 한다는 끈기 투지
끝끝내 견뎌 내야만 한다는 열정

가도 해도 끝도 없는 그 길
어느 길인들 고되고 버겁지 않으랴.

어둠 속으로

그대여
캄캄한 어둠을 두려워 말라
어둠이란 밝음을 위해 있나니

만일 세상에 어둠이 없다면
눈이 부신 빛이 그 무슨 소용이랴

어둠을 뚫고 헤치는 자가
결국 밝은 빛도 찾아낼 수 있다

어둠과 빛은 갈등이 없고
서로가 길을 알려 주고 열어 준다

미워하거나 원망하지 않고
배격하거나 공격하지도 않으며

항상 소중한 연인들처럼
너그러이 이해하고 양보하며
서로서로 보듬고 기대며 공존한다.

어버이 은혜

어찌
부모를 원망하랴
어느 누가 탓을 하랴
안 된다 절대로 아니 된다

평생을 갚아도
영원토록 갚을지라도
도무지 갚을 길 없는 은혜

못난 짓이다
어리석은 짓이다
불효 중에 가장 큰 불효이다

태어난 것만도
존재하는 것만으로도
두고두고 늘 감사해야 하거늘

어이하여 감히
원망하고 탓을 한단 말이더냐.

어찌하면 좋으냐

사납고 험한 세상
갈수록 어지러운 누리
아, 이를 어찌하면 좋으냐

사랑이 통곡하고
가족끼리 울부짖으며
이웃 사이 결투를 벌인다

온통 갈등과 분열
끝도 없는 불화 전쟁
시뻘건 불길이 일렁거리는

이해와 양보란 없는
단지 욕망을 향한 질주
파멸의 길을 내달릴 뿐이다.

언제 터질지 모를

모른다 모를 일이다
언제 갑자기 땅이 꺼질지
느닷없이 폭탄 미사일 터질지
맑은 하늘에서 날벼락이 떨어질지

아슬아슬 살얼음판이다
불안하다 어찌해야 좋은가
결투 전쟁쯤 껌 씹듯 뱉는 세상
쿵쾅 따다당 소리 대수롭지도 않다

그래 터질 테면 터져라
그저 강 건너 불구경하듯
나만 살면 되지 죽거나 말거나
곳곳에서 땅따먹기 놀이 지랄 발광이다

지구촌이 죽어 간다
우주가 부서지고 있다
자유와 평화가 통곡을 한다
파멸과 종국이 다가오고 있는 것일까.

열정과 도전

기어코
꿈을 이루겠다는
꼭 이루고야 말겠다는

멈춤 없는
들끓는 투지와 집념
꿈을 향한 뜨거운 열망

굽힐 줄 모르는
열정과 도전이야말로
꿈을 이루는 지름길이다

꿈은 이루어지리라
언젠간 그날이 오리라
그대에게도 그날은 오리라.

열정은 배신하지 않는다

사랑은
변하고 식을지라도
인간은 인간을 배신할지라도
열정은 성장을 배신하지 않는다

기르는
콩나물에 물을 주듯
펄펄 끓는 정성을 쏟아부으면
언젠간 이뤄지리라 꽃을 피우리라

꿈을
꼭 가꾸고야 말겠다는
소망을 끝내 낚고야 말겠다는
열정과 도전 앞에 불가능이란 없다

아픔과
실패는 지혜를 낳고
모진 담금질은 성장의 밑거름
줄기찬 투쟁은 마침내 보람을 일군다.

영혼과 시

시는
노래를 부르고
영혼이 춤을 춘다

영혼이
노래를 부르고
시는 춤을 춘다

번갈아
노래하고 춤춘다
춤추고 노래 부른다

시가 미쳤다
영혼도 미쳤다

노래하다 춤추고
춤추다 노래 부르고
영혼과 시가 훨훨 난다.

오작교

하루를
한 해처럼 간절히 손꼽아 기다리다가

칠월 칠석 누리의 까치와 까마귀들
한데 모여 날개 펴 오작교를 만들고
이 다리를 건너 견우와 직녀의 만남은
요즘 소중한 인연을 맺는 결혼식일지니

오전에
내리는 비는 기쁨의 눈물이요
오후에 내리는 비는 슬픔의 눈물이면
헤어지는 안타까움 그 얼마나 절절하랴

견우와
직녀 같은 애틋한 사이이기를
기쁨만을 나누는 아름다운 사랑이기를
죽도록 한결같은 원앙 같은 한 쌍이기를

사랑의

오작교에서 다짐하고 맹세하더니-

아, 오후에 내리는 비 같은 외로움이어라.

옹골찬 몸매

근육질로 꽉 찬
잘 가꿔진 탄탄한 몸매
철철 넘치는 싱싱한 건강미여라

건강한 몸이라야
건전한 정신도 샘솟듯
너무너무 값진 보물 재산이어라

아프지 않을 때는
가치와 소중함 잘 모르는
천만금보다 더 진귀한 보배로움

건강한 심신일수록
운동하고 가꾸어야 하네
한번 잃게 되면 되찾기 힘들거늘.

욕망의 불길

나무는 조용하고 싶지만
바람이 그냥 놔두지 않네

마음은 고요하고 싶어도
시름과 열망이 흔들어 대고

바다는 잔잔하고 싶으나
거친 파도 미친 듯 날뛰네

우주는 평화를 바라건만
펄펄 들끓고 활활 타오르니

바람이 일고 태우는 것은
끝도 없는 욕망의 불길이어라.

우리 집

집을 짓는다
누에와 거미들도
저마다 모양은 달라도
쏟아붓는 열정이 펄펄 끓는다

집이다
사람들이 지은
절절히 소망하던 내 집
알뜰살뜰 소중히 가꾸는 정성들

그래 그 얼마나
기다리고 기도했던가
오손도손 가족이 살아갈 집
마침내 마련한 우리 집

내 집 우리 집
아, 이곳이 바로 내 집 우리 집이다.

울고불고

잇따르는
울분의 부르짖음
슬퍼 아파 억울해 원통하여
가슴 찢어지고 영혼 부서지어
처절한 통곡 소리 가득한 삶이여

어느 누군들
슬프지 않으랴
그 누군들 기막히지 않겠는가
그대 가는 길도 험하고 사나울 터

가도 가도
한도 끝도 없는
심히 지치고 고단한 나그넷길
누군들 몸부림치고 울부짖지 않으랴.

인간의 명제

생존이 인간의 명제라면
나머지는 부차적인 것일 터
행복 재물 구원 건강 명예 사랑…
살아 있어야만 얻을 수가 있는 것

인간이 갈팡질팡하고 있다
길을 가다 길을 찾아 헤매고
가다 보면 길이 아니다 흐느끼며
가다 보니까 길이 없다 울부짖는다

행복이 생명을 갉아먹고
재물이 영혼을 노예 삼으며
명예가 가치를 엉망진창 만들고
사랑이 울근불근 평화를 파괴한다

고귀한 명제가 흔들리고
가야 하는 길이 멀기만 하네
갈등의 장벽들 겹겹 에워싼 채
가야 할 길 찾지 못해 이리저리 헤매고들 있다.

인연과 악연

잠시 옷깃만
스쳐도 인연이라는데
인연의 소중함을 새삼 느낀다

얽히고설킨
수많은 인연 중에
행여 저주하는 미움이 있는가

철천지원수
사기꾼 배신자
이미 헤어진 배우자
있으리라, 많을 수도 있으리라

죽이고 싶도록 미우리라
벼락 맞아 뒈져라 빌리라
지옥 불구덩이 속에서 고생하라

속이 좀 후련하신가
조금이라도 응어리가 풀리셨는가.

일궈 내려는 꿈

물론 꿈도 소중하지만
기어코 일궈 내려는 열정과
줄기찬 도전이 훨씬 더 값지다

일렁이는 숯가마 불길처럼
펄펄 끓는 용광로 쇳물 같은
열정만 있다면 못 할 일이란 없다

이루기 힘든 꿈일지라도
아무리 어렵고 힘들지라도
눈물겹도록 지치고 아플지라도

쓰러지거나 포기하지 말고
일궈 내려는 꿈을 향해 질주하라
언젠간 꽃이 피고 열매를 맺으리라

도전하고 또 도전하라
꿈이란 도전하는 자의 몫이니,
그대에게도 열망의 그날은 꼭 오리라.

자아의 발굴

꿈을 향한 인간의 능력엔
불가능이란 없다 흰소리다

스스로 부딪혀 보면 안다
잠재 능력의 한계가 어딘지

해 보지도 않고 포기하는
미리 관두면 알지 못하는

무궁무진한 미지의 세계
도전하는 자만이 찾아내는

신비로운 놀라운 능력은
몸소 창출해 내야 알게 되는

묻혀 있는 고귀한 자아는
발굴해 주기를 기다리고 있다.

작은 대통령

지난날 공직자 시절의 나는
일선의 말단 면 직원이 아니라
뚜렷한 신념을 지닌 작은 대통령이었다

당면한 중차대한 국가 시책을
범국민적으로 적극 추진함에 있어
일선의 책무가 실로 막중했기 때문이었다

소신도 투철한 사명감이었다
대통령의 뜻을 실행해야만 한다는
작은 대통령직을 완수해야만 한다는
펄펄 들끓고 활활 타오르는 책임감이었다

온당한 명분으로 믿고 일했다
대통령 일을 나누는 작은 대통령
그래야만 효율적인 실천이 가능했고
결국에는 놀라운 성과를 거둘 수가 있었다

지금도 그 신념에는 변함없다

모든 공직자는 작은 대통령이다
아니 국민 모두가 작은 대통령이다
국가 정책에 동참하는 협력체인 것이다.

잘 영근 밤송이들

뽐내고
자랑이라도 하는 양
높고 푸른 하늘 멋진 춤사위
한껏 풍성한 송이의 향연이어라

잘 영근
송이의 벌린 가슴
보란 듯 벌린 수줍음에 살며시
봉긋 내민 탱글탱글 뭇 알밤
어루만지고 있는 따사로운 햇살

한 해의
고단함도 잊은 듯
벙글벙글 웃고들 있는
부러울 것 없다는 듯 즐겁기만 하다.

저주

과녁을 노리는
서슬 퍼런 궁수의 활쏘기처럼

빨리 죽길 빌고 빌면서
심장을 향해 쏘는 모진 화살들
섬뜩하다 못해 오싹 소름이 돋는다

너는 죽고 나만 살자
나만 살 테니 너는 사라지거라

길은 단 하나
함께 살 수 없는 오직 외길
네가 살면 내가 죽어야 하거늘
어쩔 수 없다 네가 속히 죽어 줘야겠다

쓰러질 때까지 쏘고 또 쏜다
마지막 파멸 몰락할 날만을 기다리며

아,
차마 피도 눈물도 없는 잔인한 길이어라.

좋아한다 말할걸

좋아한다 말할걸
우물쭈물하다가 말을 못 했네
사랑한다 고백할걸
멍하니 있다가 고백도 못 했네

좋아한다 사랑한다 말을 할 것을
바보처럼 아무 말도 못 하고 말았네

그댈 좋아한다 말을 할 것을
어이해 말 못 하고 헤어졌는가
그댈 사랑한다 고백을 할 것을
바라만 보다가 헤어지고 말았네

좋아한다 사랑한다 말을 할 것을
아무 말도 못 하고 헤어지고 말았네

좋아한다 사랑한다 고백을 할 것을
아, 아무 말 못 한 채 헤어지고 말았네.

질풍노도

삶의 뜨락에는
늘 사나운 바람이 불고
거친 물결이 일렁이지요

자기 몸을
가누기조차 힘들고
앞으로 나가기는 더 어렵네

폭풍우 속의
뒤척이는 조각배같이
뚫고 헤쳐 나가야만 하는 여정

활활 타오르는
보배롭고 소중한 청춘들이여

질풍노도 같은
도전을 멈추지 않는 한
열정 앞에 불가능이란 없다네.

징검다리

구암리 대성리 사이
북한강에 놓인 징검다리
어린 강아지 두 마리가
깡충깡충 뛰어서 건너간다

앞서가는 주인 따라
온몸 움츠렸다 폈다
기를 쓰고 죽기 살기로
오직 앞만 보면서 쫓아간다

입에는 거품을 물고
용수철처럼 튀어 오르는
야속한 주인은 빨리빨리
그래도 신이 나 꼬릴 흔든다

아마도 비난받을 짓
가혹한 학대는 아는 듯
시원한 강바람도 쏘이며
옹골찬 운동을 시키는가 보다.

채우고 세우며 키우는

어린
나무를 심으면
밑거름과 웃거름도 주고
지지대와 기둥으로 받치며
항상 정성으로 보살펴야지요

거름이
모자라지 않도록
가뭄에 말라 죽지 않도록
폭풍우에 쓰러지지 않도록
알뜰살뜰 가꾸고 돌봐 주어야죠

소중한
가족을 살피듯
사랑하는 사람을 아끼듯
관심과 애정으로 고이고이
채우고 세우며 키워야 하겠지요.

천사와 악마

꼬리 여럿 달린
천년 묵은 불여우처럼
무시로 변하는 인간의 마음
천사와 악마들이 들락날락한다

밝고 환히 웃다가도
금방 늑대처럼 으르렁거리고
사자처럼 사납다가도
사슴처럼 재롱을 떨며 웃는다

사랑이 시들면
미움과 저주로 온통 들끓고
화합이 허물어지면
험악한 갈등과 분쟁이 춤을 춘다

이랬다저랬다
웃다가 울부짖다가
천사와 악마가 왔다 갔다
천사가 될까 악마가 될까 난리이다.

청춘의 덫

유혹의 손길이 많을수록
달콤한 속삭임이 많을수록
올무와 함정이 도사리고 있다

젊음의 배짱을 부리거나
청춘의 용기를 내세우면서
섣불리 칼 뽑고 함부로 덤비는

서투른 도전은 위험하다
경박한 투쟁 또한 위태롭다
열정만으로는 만능일 수 없다

항상 경계하고 조심하되
할까 말까 망설이지 말라
조마조마 두려워하지도 말라

칼을 뽑았거든 내려쳐라
길을 나섰거든 끝장을 봐라
일을 시작했거든 목숨을 걸라.

청포도

어찌
그리도
한껏 푸르다 못 견뎌 내어
금방이라도 터질 듯 싱그러운가

한창
물오른
포동포동 매끄러운 볼살처럼
옥색 수정 같은 동그란 알갱이들

가까이
볼수록 한층
티 없이 깨끗한, 싱싱하고 파란

씹을 적마다
톡! 톡! 터지는
새콤달콤 감칠맛
말캉말캉 먹음직스러운 송이들이여.

침묵보다 가치 있는 말은 없다

말 없는 말이
말 많은 말보다 더 무섭다

실수로 뱉은
망발은 수습할 길조차 없지만

침묵 속에 삼킨
실언은 언제라도 숨길 수 있다.

코스모스

웃는다
화들짝 밝고 환하게
천천만만 어울려 춤추고 있다
알록달록 어여쁜 자태 한들한들
미친 듯이 달려드는 뭇 벌 나비

아름답다
낙원이요 천국이다
눈부신 햇살 아래 한껏 흥겨운
주체할 길 없는 끼 만끽하는 양
서로 얼싸안고 향연을 즐기고 있다

사랑을
주고받는 연인들처럼
다정히 보살피는 이웃들 같은
한없이 너그러운 화합의 미소로
온 누리의 미움 저주를 녹여 내고 있다.

파멸의 길

실족과 추락에는 순서가 없다
낙마와 개망신에도 차례가 없다
갑자기 닥치는 게 순서요 차례이다

설마가 사람 잡는다는 말처럼
진짜 설마설마하다가 추락한다
별일 없는 것처럼 까불다가 훅 간다

사람 팔자 잠시 잠깐 뒤바뀐다
시건방 떨다 저승사자 잡혀가고
천방지축 날뛰다가 파멸 속 기어든다

누구도 모른다 아무도 모른다
눈살 찌푸리는 하늘만이 아실 뿐
개망신을 당할 때까지 도무지 알지 못한다.

풍요로운

볼수록
경이롭고 아름다워라
그대 결실의 계절 가을이여
탐스럽게 익는 풍요로움이여
알알이 영그는 넉넉한 가슴이여

참고
견뎌 낸 숱한 나날들
숱한 모진 상처 아로새기고
사무치는 고통 삭이고 녹여 내
마침내 꿈을 펼친 뭇 열매여

아, 실로
장하고 향기로워라
얼마나 고되고 버거웠으랴
너무도 위대한 인고의 결실들
자랑스럽고 멋들어진 모습들이여.

핑계와 변명

속상하다
너무너무 억울하다

어느 누군들
숫눈처럼 깨끗하랴

하다가 보면
그럴 수도 있지 뭐

아, 해도 해도
너무 심한 거 아닌가

핑계
변명이 아니라
실상이 그렇지 않은가.

하늘만큼 땅만큼

세상에 쓸모없는 인간이란 없다
비록 힘없고 모자라도 우주보다 소중하다

사마귀의 열정적인 애틋한 사랑이
하늘만큼 땅만큼 값지고 숭고하거늘
하물며 한없이 베푸는 크고 깊은 인애는
드넓은 우주를 모두 녹이고도 남음이 있다

너그러운 사랑으로 찬란한 광명으로
밝은 눈빛, 따사한 손길, 다정한 속삭임
활활 불타는 열망, 펄펄 들끓는 열정으로
하늘보다도 땅보다도 너른 가슴과 영혼으로

인간이 못 할 짓이란 아무것도 없다
우주를 날려 버릴 수도 새로 만들 수도
지구의 종말을 앞당길 수도 늦출 수도 있다

느닷없이 오만과 망령이 발광하는 날
자기도 죽고 다 함께 죽자 울부짖는 날

벼르고 벼르는 마지막 심판이 불을 뿜는 날

이날을 멈출 수 있는 길은 오로지 인애뿐이다.

하나 마나 한 말

해도 그만
안 해도 그만인 말일지라도
그럴수록 말이란 해야만 한다

하는 사람 따로
듣는 사람 따로 있기 때문이다
다 알아서 듣는다

말하다가 보면
어떻게 딱 할 말만 골라서 하나
귀신도 못 한다

천재 아니라
그 할아버지의 할아버지도
말답고 말 같은 말만 하긴 힘들다

그래서 그런다
글도 어렵다만 말은 더더욱 그렇다.

하루

인생의
성공 비결은
소중한 하루를 하루답게
하루를 일생처럼 사는 것이다

하루쯤이야 어떨까
하루 정도는 괜찮을 거야
아니다
절대로 그렇지 않다

어제와
오늘 내일…
하루하루가 이어지는 삶
오고 가는 시종 또한 하루이다

미련도
후회도 없는
알찬 날들이 이어진다면
보나 마나 그대는 멋진 인생이다.

하루를 십 년처럼

구름 떼처럼
몰려드는 인파를 보라
거침없이 휩쓰는 들판의 불길 같은
시뻘건 혓바닥 날름거리는 독사처럼
긴 꼬리 휘저으며 파도인 양 밀려온다

새로워져야
한다는 변화의 거센 바람
꼭 달라져야만 한다는 혁신의 열망
더는 지체할 수 없다는 통절한 함성
온 누리를 뒤흔드는 뜨거운 염원이어라

모두 다 함께
한마음으로 바라는 길
하루를 십 년처럼 기다린 나날이여
새 시대 새 물결 새 희망의 돛을 달고
저 드넓은 거친 바다를 굳세고도 힘차게

가자 달리자

다 같이 손을 굳게 잡고

자랑스러운 대한민국 번영한 앞날을 향하여.

함께

외로운
한 송이 꽃보다는
다채로운 꽃이 모인
꽃밭이 더 풍요롭고 아름답듯

곳곳마다
어우러진 소중함은
바다의 수많은 물고기처럼
밤하늘 빛나는 무수한 별처럼

함께해야
스스로 더 빛나고
고귀한 가치도 한층 살아나며
향기와 멋도 더더욱 돋보이거늘

그 얼마나 값진 건지
혼자서 할 수 있는 일보다는
함께 뭉치는 힘이 더 강하다는
개미와 벌들이 교훈처럼 알려 주네.

함부로 버리는

도대체가
양심이 있는 것인가 없는 것인가

아니,
그 양심은 어떻게 돼먹은 것인가

코로나19 마스크가
길바닥에 아무렇게나 버려지고 있다

기껏 잘 쓰고 다니다가
하필 사람들이 많이 오가는
길거리에 함부로 버리는 몹쓸 짓
정녕 죽어 있는 양심인가 산 양심인가

그대로 집까지 쓰고 가
쓰레기통에 버리면 좋을 것을
왜 어째서 무엇 때문에 길에 버리는가

한심스럽고 안타깝기만 하다
지저분한 그 작태 신랄하게 꾸짖고 싶다.

항해

끝도 없이 펼쳐진
넓고 푸른 바다를 달린다
거친 파도 뒤척이는 조각배처럼
쉼 없이 노 저어 앞으로 나아간다

늘 아슬아슬하다
잠시도 마음 놓을 수 없는
언제 닥칠지 모르는 위험 앞에
가냘픈 풀잎인 양 나부끼는 모습

줄곧 앞으로 앞으로
헤쳐 가야만 한다는 투지
항해를 멈출 수 없다는 열정
끝내 해내야만 한다는 들끓는 도전

가다가 부서질지라도
잠기거나 숨통이 끊길지라도
결코 멈추거나 포기할 수 없는 길이여.

혈루

삶의 의미이자 음미이며 깨달음이다
뜨거운 눈물을 모르고서야
섣불리 인생을 말할 자격이 없고
눈물을 흘려 보지 않고서는 잘 모른다
진한 혈루가 곧 종합 예술이기 때문이다

그대는 가슴 미어지도록
아픈 눈물을 흘린 적이 있는가
영혼이 산산이 부서지는 것만 같은
통곡의 피눈물을 펑펑 쏟은 적이 있는가

활화산에서 흘러나오는 용암처럼
뭉클한 용솟음 희로애락의 소용돌이
오직 거짓 없는 진실을 물리칠 길은 없다

펄펄 끓어 넘치는 영혼의 흐느낌
골수에서 분수처럼 솟구쳐 오르는 격정
누구도 쏟아지는 폭포수에 의연할 수 없다
그 거대한 힘을 잠재우지 못한다.

형상과 실체

마음과 양심은
형상과 실체가 없어
가슴과 영혼의 맹세에도 믿지 못하고
건강은 형상의 일부 육체가 보일지라도
마음과 영혼의 상태까지 읽어 내지 못한다

외형은
그럴듯하지만 내용이 없고
실체적 진실보다는
허울 좋은 개살구가 군림하며
생김새는 어수룩해도 속은 꽉 찬 알토란 같다

형상은 형상답고
실체는 실체다워야 하건만
형상과 실체가
서로 들러붙어 으르렁거리며 진실 게임을 한다

거짓이 진실을 이길 수 없음에도
바락바락 악을 쓰며 저항하고 발악하며
결국 둘 다 너덜너덜 만신창이가 되어 통곡한다.

호박이 익는 풍경

잘생겼거나 못생겼거나
누렇게 익어 가는 정겨운 풍경
덩이덩이 어울린 향기로운 숨결

보름달처럼 둥그런 녀석이나
올망졸망 작거나 길쭉한 녀석
고이고이 돌보는 따가운 뙤약볕

날마다 쑥쑥 자라나고 있는
어느덧 익어 듬직하고 탐스러운
보란 듯이 뽐내는 황금 덩어리들

낮에는 해를 향한 함박웃음
밤에는 달을 보며 수줍게 웃는
낮이나 밤이나 너울거리는 웃음꽃.

혼인 행진곡

해도 후회
안 해도 후회라는데
그렇다면 어찌해야 좋을까

아무리
찾아봐도
좋은 방법이란 없다
선택은 오직 그대 자유일 뿐

혼자라
좋을 수도 있다
둘이라 더 행복할 수도 있다
해 보지 않고서는 알 수가 없다

어느 길인들 행복만 하랴
힘든 삶이라서 불행만 하랴
행복 불행은 창조적 예술이거늘.

환생과 영생

전생은 이생으로 이어지고
이생 또한 내생으로 이어진다는
신비로운 환생을 굳게 믿는 것일까

너무 힘든 삶 일찍 끝내고
다음 생애로 가고 싶은 것인가
구슬프고 딱한 죽음이 늘고만 있다

그런 희망을 품고 간다면
마지막이 심히 슬프진 않겠지만
내세는 보다 멋지게 살기 위한 도전

죽고 죽고 죽고 다 가는 길
그 길을 좀 일찍 떠난다고 해서
아까울 것도 없다 생각하는 것이런가

영생으로 이어지는 환생의 길
끝도 없이 이어지길 바라는 열망
결코 헛된 꿈이 아니라는 믿음이리라.

흑암의 결단

음침하고 교활하다
칠흑 같은 어둠에서도
속속들이 죄다 보이거늘

아마도 그걸
모르지는 않을 터
그럼 알면서 그러는 걸까

하기야
그럴 수밖에는 없으리라
이것저것 따질 겨를이 없다

어서 빨리
후다닥 해치워야만 한다
우물쭈물 머뭇대다가는 날 샌다.

흘러가는 것들

바람도 구름도 세월도
지나는 나그네 발걸음인 양
저마다의 길을 따라 쉼 없이 가네

비록 정처 없는 발길이어도
차마 멈춤 없는 여정일지라도
헤쳐 내야만 하는 그 길 뚜벅뚜벅

오랜 태초에서 영원까지
이어지는 고단한 걸음걸음
너무나 지치고 힘들어도 흘러 흘러

묵묵히 가야만 하는 그 길
제아무리 모질고 험할지라도
끝내 참고 견뎌 내며 걷는 나그넷길.

희망을 안고 오늘도 시를 쓴다

파리만 날리면서도 가게 문을 열 듯
언젠가는 시다운 시가 써지겠지 하는
희망을 안고 오늘도 걸작의 꿈을 꾼다

코로나19 시대에 장사하기도 힘들지만
아무리 쓰고 또 써도 아득히 먼 길을
끝내 가고야 말겠다는 열정은 그대로다

아름다운 인간애를 노래 부르고 싶다
상처와 눈물 절망을 어루만지고 싶다
사랑과 평화로 가득한 세상을 보고 싶다

앞으로 길게 남지 않은 여생이기에
한 편이라도 좋으니 감동을 주고 싶다
함께 껴안고 통곡의 눈물을 펑펑 흘리는

거짓이나 가식 없는 진실만을 들려주고
온 누리의 살기 좋은 앞날을 기원하면서
시가 바로 노래이자 춤임을 속삭이고 싶다.

희망의 문

어딘가는 있으리니
힘써 애써 밤낮 두드리면
언젠간 꼭 찾아내 열 수 있으리라

심히 지치고 험해도
결코 멈추지 아니하리라
찾아 열 때까지 계속 두드리리라

저 넘실거리는 파도처럼
저 눈부신 아침 햇살 같은
벅차오르고 설레는 기다림을 향한

꿈과 소망이 손짓하는 곳
아름다운 무지개가 피어나듯
희망의 문 향한 발길 쉬지 않으리라.

짐의 무게

1판 1쇄 발행 2022년 3월 29일

지은이 배송제

교정 주현강 편집 유별리
마케팅 박가영 총괄 신선미

펴낸곳 하움출판사 펴낸이 문현광

이메일 haum1000@naver.com 홈페이지 haum.kr
블로그 blog.naver.com/haum1007 인스타 @haum1007

ISBN 979-11-6440-958-7 (03800)